Himmel og hav
- vendepunkter

Udgivelser af forfatteren

Romaner
 Hemmeligheder. BoD
 Tab og vind. BoD

Vendepunkter
6 Rub og stub. BoD
5 Revl og krat. BoD
4 Det bimler og bamler. BoD
3 Det knirker og knager. BoD
2 Bulder og brag. BoD
1 Himmel og hav. BoD

Pædagogik
 Pædagogik – refleksion og faglighed. Reitzels Forlag
 Case – situationsbeskrivelser. Systime
 Pædagogikkens 7 forhold. Semi-forlaget
 Udviklingsarbejde – hvordan. Semi-forlaget
 Forældresamarbejde – en uvant praksis. Rokkjærs forlag
 Nej til folkeskolen? Ja til ansvar. Borgens Forlag

Åge Rokkjær

Himmel og hav
- vendepunkter

Himmel og hav
2. udgave
© 2021 Åge Rokkjær
Omslag og opsætning: Åge Rokkjær og Niel Rokkjær
Forlag: BoD – Books on Demand, København, Danmark
Tryk: BoD – Books on Demand, Norderstedt, Tyskland
ISBN: 9788743032397

Vendepunkter

Der berettes om hændelser, følelser, oplevelser, undren, stillingtagen, optagethed – alt sammen fragmenter fra og omkring mit liv.

Vendepunkter har derfor en betydning for mig, som naturligvis kun giver mening for dig, hvis du kan se meningen. Men ellers er det bare at læne dig tilbage og indleve. Det giver vel også god mening.

God fornøjelse
Åge Rokkjær

Nettet strammes

Kom ikke her

Endelig.
Nu har jeg smartphone,
bærbar pc
og iPad.
Smart-tv,
Flexnet
og BlueRay.

Hylderne bugner med
de sidste nye CD'er
og DVD'er.
Dan Brown ale,
kaviar
og champagne på køl.

Har købt mærketøj
og Audi med GPS.
Walk in dressingroom,
pengeskab,
tyverialarm
og sensorer overalt.

Avisen dumper ind af døren
hver eneste dag.
Endelig
kan jeg følge med.

Så kom ikke her!

Netværk

Netværk!
Sådan et må jeg også have.
Så stort som muligt.
1001 likes er målet.
Så kører det for mig.
Vennernes venner,
familiens venner,
kollegernes kolleger,
de rige og de kendte,
skuespillere,
politikere
og kunstnere.
Netværk
er nødvendigt
for karrieren
og for lykken.
Se mig – for jeg ser jer,
1001 likes er nået
for længst.
Likes og hjerter,
smil og uhadada.

Vi ses
… på facebook.

Posten skal ud

Postbuddet
gider ikke længere
aflevere breve
i min brevsprække.
Så jeg har måttet
opsætte en postkasse
ved havelågen.
Posthusene
er forsvundet
flyttet ind i Føtex
og Kvikly.
Et kvikbrev
på 250 g
koster 54 kroner.
Men hovsa hvor er
den røde postkasse
på torvet
blevet af.
Så nu ved jeg ikke rigtigt
om jeg gider
samle på frimærker
fra Danmark
længere.

Husk det nu

At rejse er at leve,
at leve op til
at opleve
med fly
med skib
i egen bil.

Husk de 3 p-er
- pas
- penge
- præservativer
for så er jeg beleven.

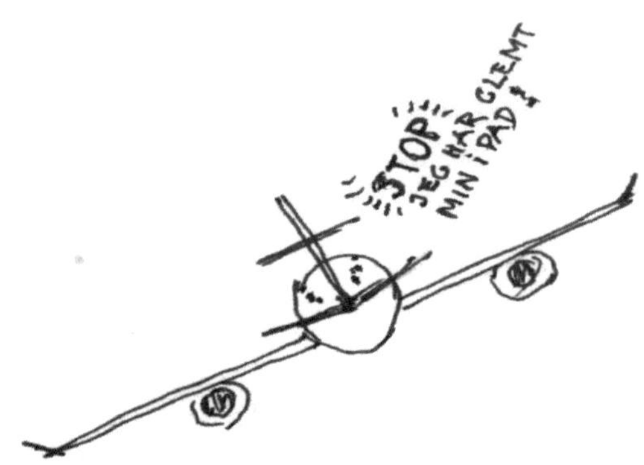

Husk de 3 f-er
- forsikringer
- flybilletter
- fritid
for så kan jeg overleve.

Husk de 3 i-er
- iPhone
- iPad
- iPod
for så kan jeg glemme,
jeg er på ferie.

Jeg er træt

Jeg er træt
Gaber højlydt
Tårer i øjnene
Tung i kroppen
Øjnene sprækker

Dørene låses
Blodtrykspillen skylles ned
med appelsinjuice
Sløset tandbørstning
En sidste tissetår
PCen slukkes
Radioen slukkes
Lysene slukkes
I mørket høres tunge trin
op ad trappen

Af med tøjet
på med pyen
Dratter om på sengen
Stønner af velbehag
Stiller vækkeuret
til klokken 7 – nej 7:10
Gnider øjnene

Tænder for mobilen
og er pludselig
LYSVÅGEN.

Et tilbud til dig

Tilbudsaviser
Tilbudsmails
Fødselsdagstilbud
Tilbud
Reklamer er yt
Tilbud er in
At byde sig til
At byde op til dans
Tilbud - ikke forbud
Tilbud - ikke afbud
De ti bud er på tilbud
Giv et bud
Et ilbud kommer
Det hele på tilbud
skal ud – ud – ud
ud til dig – dig – dig
og mig.

Rabatter batter

Det kan være du synes
det er latterligt
at holde øje med rabatter.
Men se nu her:

Svinemørbrad - rabat 75,34
Nyt nordisk rugbrød – rabat 11,95
Lindt exell chili chokolade – rabat 5,05
og så var der endda smagsprøve.
Gifflar kanel – rabat 7,95
Fernet Branca – rabat 48,00
Kopipapir – rabat 30,95
Der var ikke rabat
på den ramme jeg købte
til billedet
af svigermor
til hendes 90 års fødselsdag.

Nu overvejer jeg
hvad jeg skal bruge
rabatten
på de i alt 179,24 til
mens jeg tager mig en tår
af den Fernet Branca til 154,10
jeg nok ikke havde købt,
hvis der ikke var rabat.

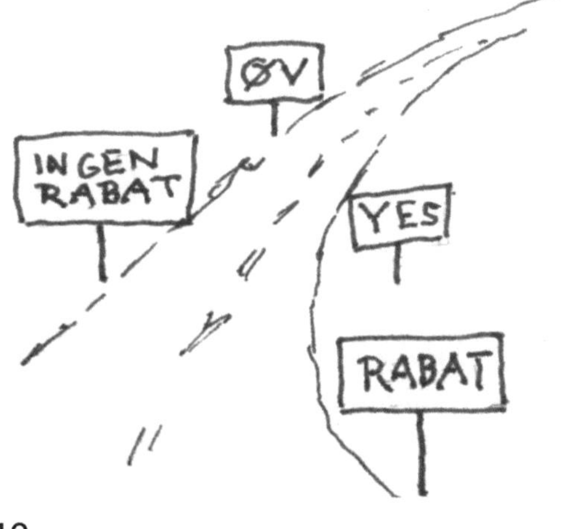

Hul i hovedet

Anderumpe
og svaj i bukserne
er gået af mode.
Du må ikke
gå med sokker i sandaler.
At sole sig topløs
er ikke længere moderne
desværre.
Fedt og fondue,
sagosuppe og blodpølse
er ikke på menuen.
At lege med stenkugler,
hønseringe
og *fra den ene til de andre*
er yt.
Computerspil og pokemon
er in.
Du køber
huller i cowboybukserne,
går med *The North Face* på jakken
og vender hovedet mod syd.
Du rejser til Cuba, Hawaii og Mali.
Så langt væk som muligt.

Jeg har set
rapsmarker på Mors
å a hår wån i Thy nationalpark.

Støj støjer

Værsgo og skyld

Ozonlaget er hullet
som en si.
Kom solcreme på.

Benzinen oser
og sviner.
Tag masker på.

Gletcherne smelter
og vandet stiger.
Byg højere diger.

Klimaet har ondt
og går amok.
Nu er det nok.

Sparer på lyset.
Sorterer mit affald.
Spiser insekter og tang.

Køber en elbil.
Cykler på cykel.
Trykker på *lille skyl*.

Så det er ikke min skyld
at klimaet går amok.

En lykkelig dansker

Tinnitus i ørerne
Bilos i lungerne
Stress i kroppen
Ondt i pungen
Måske kræft i prostata
Smerter i lænden
Skylder i skat
Børnene i vuggestue
Larm i gaden

Men bortset fra det.

Solen skinner
på mig lykkelige dansker
der ligger i parken
på ryggen
med lukkede øjne
og bar overkrop.

Helt ud i skoven

Lastbiler oser.
Motorcykler larmer.
Busser og biler.
Farlige partikler
fra udstødninger
og nedslidte filtre
dræber
uskyldige.
Tågedis over
storbyen.

Masker
mod forureningen
virker ikke.
En bilfri søndag
rækker som
en skrædder i helvede.

Der er kun én ting
at gøre.
Jeg ved det godt.
Må tage ansvaret
i egen hånd.
Jeg må flytte ud af byen.
Om det så er
helt ude i skoven.

Ryg ad Helvede til

Tredive ryger sig ihjel hver dag
for de vil leve livet
og puste røgringe.

Mange dør af forurening
for de vil leve i storbyen,
hvor der sker noget.

Mange drikker sig ihjel
for de vil leve livet
uden hæmninger.

Mange dør af narko
for de vil leve livet
og mærke suset.

Nåh ja, og så er der
mig almindelig dødelig.
Mig der ikke
kommer i avisen.

Køer ryger ikke

Mor røg som en skorsten
og drak kaffe i spandevis.
Selv røg jeg så
en pakke om dagen – mindst.
Min mor lå der med slanger,
kunne intet sige,
da jeg for sidste gang
holdt hende i hånden.

Men først da mine to små
tog skod fra askebægeret
og lod som om de røg
tog jeg beslutningen.
Fuld stop.
Færdig.

Pludselig vidste jeg ikke
hvad jeg skulle gøre
af hænderne,
så vi tog på landet
hos min fætter.
Hjalp med høsten
og malede bliktag i sommervarmen.
Der var ti kilometer
til nærmeste købmand
og køerne røg ikke.
Så kom jeg endelig
de røgfyldte lunger kvit.

Ingen er perfekt

Jeg kommer
plastik i én beholder
så de kan lave fleece.
Glas i en anden
så de kan lave nye flasker.
Mad i en tredje
så de kan lave biogas.
Metal i den fjerde
som de kan genbruge.
Aviser i den femte
så vi kan få nye aviser.
Haveaffald i den sjette og syvende
så der kan dannes muld.
Rester i den ottende
så vi kan få varme.
For nylig har jeg fået en til pap.
Tøj ryger til Røde Kors
for at hjælpe de nødstedte.
Jeg skider på lokummet
og jeg samler regnvand i en tønde.
Men engang kom jeg til at tisse
op ad hækken
og fik for klimaets skyld
helt dårlig samvittighed.

Hvor svært kan det være

Forureningen stiger.
Havet stiger.
Huslejen stiger.

Det vil jeg gøre noget ved.
Jeg køber mig en stige
så jeg kan komme flere meter
over daglig vande
og her trække ren luft.
Jeg bygger mig et hus
på toppen af stigen
for her oppe er der plads.
Og i grunden fylder en stige
kun et par cementhuller.
Og så vil jeg hygge mig
med solceller, vindmølle,
tv og hjem-is.
Og glæde mig over
at jeg har løst
alverdens problemer.

Glemte at sige
at det var en udtræksstige
fra Jem & Fix.

Skriv selv
Triv selv:

Himmel og hav

Himmel og hav

Himmel og hav.
Bulder og brag.

Hun sover som en sten.

Vandet vælter ned
i stride strømme.

Vinden finder vej
gennem sprækker
i soveværelsets vinduer.

Lyn og torden.
Bulder og brag.

Hun sover som en sten.

Eller også
er hun allerede flyttet.

Gifte har fået gift

Skilsmisse er en udvej
for dem der vil skilles.

Når kommunikationen svigter
Når uenigheden er blevet uenig.
Når de gifte har fået gift.

Og alt håb synes ude
for børnene.

♫ *Det er svært at være menneske.*
Jeg har prøvet det selv.

Fordel ude

Syv hvide plaststrimler
på hver side af nettet
danner ramme og regler
mod det røde grus.

Nettet strammes
og solen skinner.

Jeg vil vinde.
Serv og slag,
slag og serv.
Slag på slag.
OUT.

Kampen bølger.
Kroppen sveder.
FEJL.

Jeg vil vinde!
Smerte i læggen,
ondt i ryggen.
FORDEL UDE.

Fordel inde

Gule bolde ligger og venter,
og én farer gennem luften
over nettet
over nettet
over nettet
i nettet.
Helt i hegnet.
Der tælles højt,
svedes og kæmpes
indædt
om hver bolds forsøg
på at suse forbi
fyordene.
Sådan!
Sol i øjnene
vinden skaber løjer.
Med et YES
og en knyttet næve
slutter kampen
under bruseren.
Her står vi længe
på samme side
og stønner
forløsende
ih, ah og åh.
FORDEL INDE.

Det hagler

Det er 1. oktober.
Jagten er gået ind
på vildsvin og kronhind,
hvinand og edderfugl,
skallesluger og taffeland,
sika, rå og muflonfår
også selv om de er lam.
Økologisk kød,
hvis de da ikke lige
har spist af sprøjtede marker
og drukket af forurenede vandløb.
Tatar af råvildt
med tatarsauce og pommes frites.
Tapas med vildtpølse.
Cremede agerhøns
med svampe, chili og kokosmælk.
Edderfuglegryde
med timian og hvidvin.
Røget dyrekølle
med basilikumpesto,
bagte tomater og parmesan.
Bourguignon af hjortehjerte.
Fasanbryst bagt i ramekin
med gorgonzola.

Velbekomme.
Pas på haglene.

Højt til hest

Dem der sidder højt til hest
skal på Hubertusjagt.

Hubertus blev født i 656
men bestemt ikke glemt.
Han gjorde nemlig den indsats
at se en kronhjort
med et kors i sin opsats!

Dyrehaven er stadset op
i efterårsdragt
og dannebrogsfarver.
Jagthornblæserne fra Greve
blæser *Jagt begynd.*

Hestene spores på jagt
efter to rævehaler.
Fuld fart frem
over svære forhindringer.

Ned af skrænter
og over store træstammer
på tværs af skovstien.
Frygtindgydende ser det ud.

Ved Magasindammen venter vi alle på
at en rytter skal ryge af hesten.
Endelig sker det.
En dyngvåd mand
vinker heroisk til publikum
der klapper begejstret

mens hesten fortsætter
som om intet var sket.

Jagthornblæserne fra Greve
blæser *På gensyn*
for kong Prins og de andre,
der vinkende forlader
Eremitageslottet
i en åben karet
trukket af fire sorte heste
for senere
at vende tilbage til jagtslottet
i en lukket sort kronebil.

Her venter den traditionsrige
jagtmiddag.
Denne gang står menuen på
marinerede rævehaler til hovedret
og syltede rævestreger til dessert.
For selv jeg
har en ræv
bag øret.
Bare den ikke har skab.
Jagt forbi.

Det er tilladt

Jeg holder af
at gå på jagt
med haglbøsse
og gevær.
Møde jagtkammerater
og jagthunde.
Mærke
naturen
og sanserne
åbne sig.
Koncentrationen
og spændingen
i skudøjeblikket.
Det varme vildt
er frisk
og økologisk.
Sundt
og velsmagende.
Uhm.
Og tænk:
det er tilladt
i Danmark.
End of story.
Bang.

Pas på pensionister

Der har jeg aldrig været

Den store bagedyst
Antikduellen
Vild med dans
Barnebie
OL
X-factor
TV-avisen
Detektor
Danser med ulve
Snyd for millioner
Hvor er Amdi?
Bedrag.

Hvad gør jeg af alle disse inputs?
Er der mon plads under kasketten?
Eller skubbes barndommen
og ungdommen
og de andre domme ud.
Hvem er jeg så?

Jeg må starte et forskningsprojekt
en PHD på videnskabelig grund,
Pensionist Hele Dagen
og rejse til Cuba.
For der har jeg aldrig været.

Pensionen all inclusive

Jeg rejser
til Langbortistan,
hvor jeg møder
de andre pensionister.
Langt væk fra børnebørn,
sorger og bekymringer.
Langt væk fra opvask,
hakkebøffer og havearbejde.
Langt væk fra regnvejr,
tilbudsaviser og fødselsdage.
Langt væk fra juletræ,
nytårstorsk og vanter.
Nu skal der opleves
anderledes huse,
fremmede kulturer
internationale retter
    -    all inclusive.
Moskeer og museer,
grotter og det groteske
begloes og fotograferes.

Friværdien behøver jeg ikke at røre
Pensionen rækker - hver en øre
til rejser, gourmet,
samt golf og teater.
Jeg tager min PHD
Pensionist Hele Dagen.

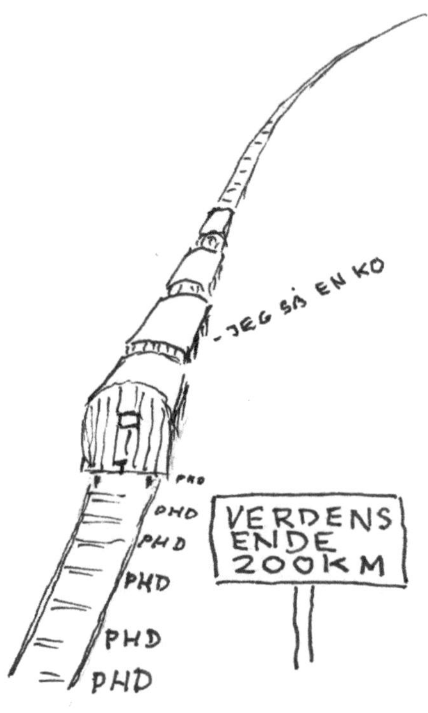

Et arbejde er et arbejde

Hvad arbejder du med?
Jeg ordner have,
klipper hæk
og slår græs.
Det er da ikke et arbejde.
Det er det vel nok.

Og så gør jeg rent,
laver mad
og skovler sne.
Det er da ikke et arbejde!
Det er det vel nok.

Jeg hjælper mine børn
og passer mine børnebørn.
Det er da ikke et arbejde!
Det er det vel nok

Du får jo ikke løn for det!
Nåh, jeg får da min pension.

Jeg er på kur

En håndværker
og en lys grovbolle med smør,
Gamle Ole med havtornsyltetøj.
En romsnegl med krymmel.
En krus kaffe med to teskefulde sukker
og to stænk kaffefløde.

Til frokost
majsbrød med smør, laks og dildsauce
uhm – det må blive til to stykker
ok – og så lige en med brie og solbærsyltetøj.

Til eftermiddagskaffen
et studenterbrød og en napoleonskage.

Til aftensmad
nye små Samsøkartofler
flæsk og persillesovs
    -    det er min livret.
Og rødgrød med fløde til dessert.

Til aftenskaffen
en smørkage og to småkager.

Jeg er på kur,
men ved ikke
hvad jeg skal skære ned på.
Så det går nok ud over slikket.

Elvis lever

I 1956 lyttede jeg til
Radio of Luxemburg
på AM helt ude til venstre.
Klokken otte kunne jeg høre
Elvis Presley synge
Jailhouse Rock og Tutti Frutti.

I 2016 lytter jeg til
Radio Graceland from Randers.
Hver dag døgnet rundt på
Always Elvis netradio
kan jeg høre Hound Dog
og ikke mindst Love me Tender.

Da min dreng skulle giftes
sang han den for sin brud
mens jeg spillede
wau-wau akkompagnement
på trompet.
Sammen havde vi lavet teksten
og øvet os til succes.
Elvis lever.

Afsked med kolonihaven

Fedt smøres på det friske rugbrød,
karrysild fiskes op af glasset - rå løg ovenpå.
Den første bid er altid den bedste

Små glas klinkes i den lille kolonihave.
Øl skænkes skummende op i glassene.
Der skåles og øjnene lukkes for at sanse smagen

Der snakkes og lyttes
og ud af øjenkrogen fornemmes blomster og græs.
Nu er det fiskefilet med citron og remoulade.
Den duggede snaps går endnu en runde.

Efterårssolen står lavt men varmer.
Nu er det æggemad med tomat og mayonnaise.
Der krydres med salt og peber.
Der smiles og snakkes
mens en frikadelle med rødbede finder vej.

Kaffen skænkes op i grønne krus.
Lidt fløde, lidt sukker – nej tak.
Lidt brie og småkage – ja tak.

Med frokosten tager vi afsked med kolonihaven
hvor livet leves i jordhøjde.
Og tusinde tak for det.

Ingen kære mor

Tillykke med de 90 år
-    *Dengang var der ingen biler og motorveje*
Utroligt som du holder dig godt
-    *Og der var ingen jetfly og kaffemaskiner*

Flot at du ikke er kommet på plejehjem
-    *Ingen tv og skyskrabere*
Bare jeg holder mig lige så godt
-    *Ingen køleskab og fryser*

Flot at du kan gå selv
-    *Ingen Storebæltsbro eller cruisetogter*
Og du er helt frisk i hovedet
-    *Ingen kære mor*

Og nu er du oldemor
-    *Ingen computer og MobilePay*
De er godt nok søde de små
-    *Ingen skateboard og film*

Og du laver selv din mad endnu
-    *Min mand og venner er døde*
Din sovs er fantastisk siger de
-    *Og jeg går ikke så godt*

Jamen så var det jo godt
du fik et wellnessophold
i fødselsdagsgave.

Virkeligheden virker

Skæg nok

Skægget skal studses
og neglene klippes.
Gulve skal vaskes
og sengetøj skiftes.
Græsset skal slås
og postkassen tømmes.
Alt omkring mig går i forfald
og tiden er gået i stå.

Alene og uden kontakt.
Er han mon gået i stå?
Har alderen indhentet ham?
Havnet i det sorte hul?

Næh, nej.
Jeg sidder bare her på stolen
foran min computer
og skriver mig langhåret
mens alt omkring mig går i forfald.
Vi mænd
kan jo ikke
multitaske.

Ordgasme

Bogstaver bliver til ord
Ord bliver til orden
Orden bliver til mening
Mening bliver til spænding
Spænding bliver fortælling
Fortælling bliver til bog
Bog bliver læst
Læst bliver til kommentarer
Kommentarer bliver til kritik
Kritik bliver til film
Film bliver set
Set bliver til kommentarer
Kommentarer bliver glemt
Film bliver glemt
Bog bliver glemt
Glemt bliver til lopper
Lopper bliver til skrald
Skrald bliver til aske
Aske bliver til evighed
Evighed bliver til.

Livet skal leves

Hæk skal klippes
græs skal slås
roser skal nippes
affald skal i poser
for haven skal passes.

Stegen skal steges
kartofler skal koges
opvask skal opvaskes
støv skal støvsuges
for dagen skal passes.

Avisen skal læses
jobbet skal udføres
børnene skal hentes
konen skal elskes
for livet skal leves.

Når det rimer passer det

Om det er sol og sne og Regn
Om syv ni tretten er et magisk Tegn
Om hver parcel er der et Hegn

At have sit eget sted er Lykke
At spise bøf med løg er Hygge
At låse døre gør os Trygge

På landet er der Sennepsmarker
I byer er der altid Parker
I Rusland er der Oligarker

Ved sommertid vi stiller Ure
Ved stranden kan vi gå og Lure
Ved zoo går alle dyr i Bure

Vi gir et klem til vore Kære
Vi elsker også nyt at Lære
Vi skifter om til Sparepære

Nu har jeg knoklet kan jeg Love
Nu er det tid at gå i seng og Sove
Nu smelter is og fældes Skove

Vi kan en hulens masse Sprog
Vi læser gerne bog på Bog
Vi kører i et IC4-Tog – uha men dog.

En evighed er lang tid

Kærlighed
ærlighed
lighed.

Ræk mig hånden.
Tag mig i ed.
Ær din kære
i al evighed.

Det er
for mig
desværre
det svære.

Rigtige venner

Jeg er en af dem
der ser film på tv.
Og som aldrig
går i teater
eller ser ballet
eller opera
på Det kongelige
eller på museer.

Jeg kender
Picasso og Rembrandt
Det er nok også alt.
Bøger orker jeg ikke at læse.
Jeg spiller tennis
og jydewhist

Jeg ser fodbold
og holder med Brøndby
at du ved det.
Jeg spiser ikke på Noma
eller drikker dyre vine.

Men derfor kan du og jeg
vel godt
være venner.

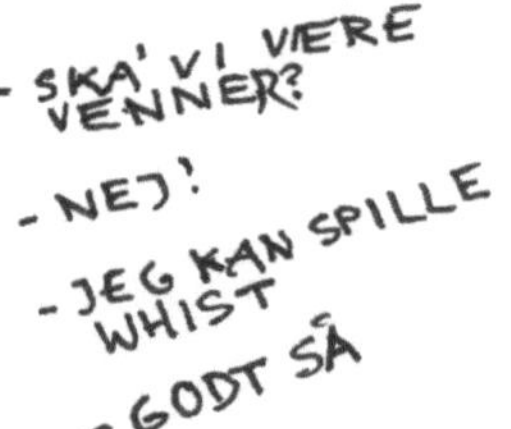

Jeg er fææærdig

Ti nu stille
Tys tys
Ta og ti
Rolig nu
Slik og bananer
Rosiner i bleen
Er du så fææærdig.

Latter der klukker
Et smil der varmer
En virkelighed
der virkelig virker.

Som morgenkaffen
og rykkerne
fra skat.

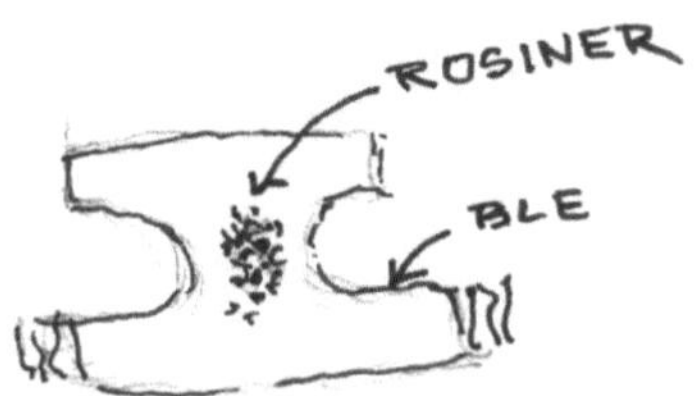

Nu er det jul igen

Juletræer
julehjerter
og julelys.
Julenisser
julemænd
og julegaver.
Jul er foran alt.

Jeg er bagud
med julestemningen
men skal nok nå den
med julegløg
og juleøl
og julesnaps
og julefrokoster.

Så bli'r forhjul
Ikke til baghjul,
som jeg sagde
da far var dreng.

Nu gælder det

Danskere!
Hold nu fast
Stå last og brast
Det er nu
Vi skal vise
hvad vi står for.
Sammenhold
styrke
x-factor
og overskud.

Alt står på spil
Det er nu og her
danske vikinger
skal vise deres værd
i kampen om VM.

Det kræver kun
at du tænder for dit tv
og kan se TV3
og hepper som afsindig
med klaphat, fadøl og chips
på danskerne og ikke de andre.

… Og det var Danmark …

Skammekrogen

Ondskab

Børn dræbt med giftgas
i Syrien.
Skrækkeligt

Børn dræbt med ølbil
i Sverige.
Forfærdeligt

Ord slår ikke til.
For hvad har de dog gjort
de små?

Nu går de levende
rundt med trægeværer
og en skræk i livet.

Så på den måde
er vi alle ofre.

Og så var det jeg tænkte
at også jeg skal dø
en eller anden dag.

Så der er jo egentligt
ikke nogen grund til at dø
alle de andre dage.

For så har terroristen
vundet den sejr
han var ude efter.

Vi jager jetjagere

Vi må have nogle jetjagere
Starfigther F35 Striker
25 stk – tak
til 35 milliarder.
Købt i USA
så de kan bestemme
hvor og hvornår
vi skal bombe
de satans terrorister
der ødelagde deres to tårne
og sikkert har gemt
masseødelæggelsesvåben
et eller andet sted.

Noget for noget.
Vi er jo verdens
lykkeligste folk.

Hvor bagklog kan vi blive

En kendt amerikaner sagde:

"Der er det kendte kendte.
Det er de ting,
vi ved,
at vi ved...

        - KLOG

Der er det kendte ubekendte.
Det er de ting,
vi ved,
at vi ikke ved...

        - KLOGERE

Der er det ukendte ubekendte.
Det er de ting,
vi ikke ved,
at vi ikke ved..."

        - KLOGEST

Og det var jo klogt sagt
af forsvarsministeren
før krigen i Irak.

        - BAGKLOG

Så tøv en kende,
når det eneste vi ved
er
at vi ingenting ved.

Rødt mod blåt

Rødt mod blåt.
Kvinder mod mænd.
Omsorg mod kapital.
Pædagoger mod fly.
Fattige mod rige.

Mor mod far
skændes åbent
på tv og i aviser.
Uenigheden slår gnister.
Ingen kompromisser.
Hårdt mod hårdt.
Rød kjole mod blåt slips

Meningsmålinger lyver.
Lad os nu se.
Stemmer bestemmer.
Stemmer stemmer.
Folket tager tælling.
Hvem vinder denne gang?
Far vel.

Så er det godt

Apple i Irland slipper for skat.
Kapital på Caymanøerne.
50.000 om måneden i pension
plus løn hos Goldman Sachs.
Kontormøbler til kontoret pynter
derhjemme året efter.
Milliarder svindles i skat.
Milliarder eftergives i skat
for systemet er brudt sammen.
Statsministerens underbukser
har jeg betalt.
Socialt bedrageri breder sig - min bare.

Så hvorfor skal jeg
der kender en håndværker
ikke få ordnet mit sorte tag.
Hugge en Yankiebar i SuperBrugsen.
Tage et gratis bad i tennisklubben.
Få rabat på benzin om morgenen.
Gå på udsalg og loppemarked.

Retfærdighed!
Så vågn dog op!
Hvordan er det nu lige?
Sæt skatten ned for de rige?

Løfter løfter

Danmark skal sættes i position,
opdateres og opgraderes.
Det er den kontante melding.

Derfor skal alle have skattelettelser
og alle mand i arbejde.
Boligejere skal behandles forsigtigt
og skattesnyd skal straffes
for pengene skal ind.
De rige skal have mere
og arbejdsløse yde mere.
For det skaber lighed,
og social balance
siger Liberal Alliance.
Og det er der brug for
siger 2025 planer.

Så nu har vi nogle år
til at løbe så hurtigt
efter alle løfterne
at konditallet vil stige
i lille Danmark.

Et fredeligt menneske

Lars Løkke er et dumt svin.
Drikker fadøl og sviner med andres penge.
Han skulle skydes med lunken snot.

Mette Frederiksen er åndssvag.
Hun er fanme så magtliderlig
at hun trænger til at slikke fars slikkepind.

Ham der fra Liberal Ubalance
tænker sgu kun på at de rige skal blive rigere.
Spær ham inde i von Ands pengetank. Idiot.

Og hende røde Johanne fra Ensomhedslisten
har købt en kæmpe villa til over 5 millioner kroner.
De får fanme for meget i løn og laver ikke en skid.

De der Konservastive, De Radigale, SFO og ham gøgleren...
Hvad vil de? Hvem er de? Hvad gør de godt for?
Giv dem et los i røven. Ingen savner dem alligevel.

Godt vi har Tulle og Pia og Dansk Folkeparty.
For muslimer er en trussel og terrorister skal skydes.
Så se nu at gøre noget ved det, i hængerøve.

For jeg er et fredeligt menneske,
der trænger til ro og hygge.

Lad de små børn komme ... næh være

Pædofile præster
søger tilgivelse
hos Gud
hver eneste gang
de har forgrebet sig
på de små
piger og drenge
der lokker med deres
uskyldighed,
ægger med deres
spinkle kroppe
og vifter med
deres sødme.
Pædofile præster
pisker deres drifter.
Så syng dog for mig
med jeres lyse stemmer.
I skovens dybe stille ro.
Fold de små hænder
og sig
Lad de små børn komme til mig
og
fri os fra alt det onde.
Og Gud være med jer.
I al evighed.
Amen.

Forståeligt nok

Miskundhed
velsignelse
og hellighed
er ord jeg ikke forstår.
At vin er blod
og oblat er legeme
når det er viet eller indviet
er noget jeg ikke forstår.
Men ok - noget for noget.
Du som er i himlen
eller var det himlene
fri os fra det onde
mens jeg
folder mine hænder
og lukker mine øjne.
Du deroppe.
Jeg har ingen guder,
så det der med
at gøre alle folkeslag
til dine disciple
er ikke lige mig.
Til gengæld vil jeg godt gøre noget
ud af det der kærlighed.
For det forstår jeg.
Men lige nu skal jeg skilles
i al evighed.
Amen

Udenfor guddommelig rækkevidde

Gud ved
om nogen en dag
kan overbevise mig om
hvorfor det er så vigtigt
at have en tro.

Indre mission kan ikke.
Islamisterne kan heller ikke.
Ej heller Jehovas vidner,
paven i Rom
eller de mennesker
der kun kommer i kirke
når det er jul
eller skal begraves.
Mormoner og jødehatte heller ikke.

Så jeg må nok leve med
at der ikke tilkommer mig en plads
I Himmerige
eller en genfødsel som ged.
Det med de uerfarne jomfruer
lyder heller ikke fristende.
Jeg har vel også fået
hvad der tilkom mig.
Og tanken om et liv efter døden
… blot ikke som en zombie …
hvis jeg må vælge.
Dem ser jeg nok af til daglig.

Dig og mig

Den lovgivende magt
er adskilt
fra den dømmende
er adskilt
fra den udøvende.
Ytringsfriheden ytrer sig.
Pressefrihed presser.
Den enkelte har rettigheder.

Religioner skal passe sig selv
og ikke tage patent
på magt
og frihed
og rettigheder.

Ingen røde slipsenåle.
Ingen røde faner.
Ingen rygmærker.
Ingen orakler eller demagoger.
Ingen våben og fanatisme.
Ingen mærkevarer.
Ingen korset.
Ingen vi og de andre.

Kun et dig og mig.
Nøgne.

Hvad er op og ned

Oppefra
lyder magtfulde ordrer
og der trækkes i tråde
udenom.

Oppefra.
En ejendommelig struktur
for blomster kommer
nedefra.

Oppefra
sendes lyn og torden.
Men angsten kommer
indefra.

Oppefra
bryder solen igennem
og skaber håb
indeni.

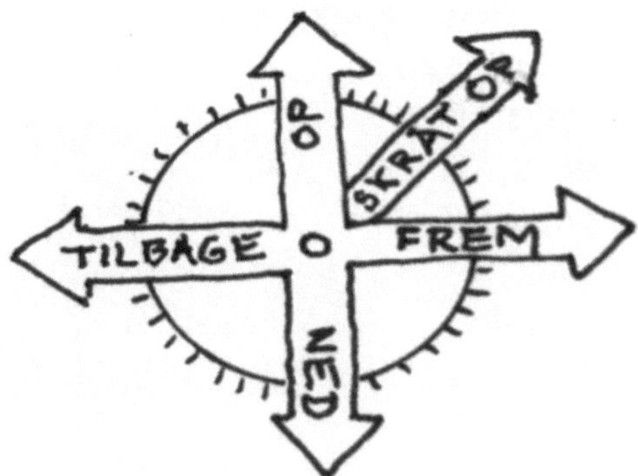

Når meningen er meningsløs

Meningen er meningsløs
når meningen ikke giver mening.

Som at fare vild
i en labyrint.
Som at strande
på månens bagside.
Som at stå
foran en tsunami.
Som at være flygtning
på en motorvej.
Som at blive bombet
af tøndebomber.
Som at blive lukket inde
i et gaskammer.
Som at stå foran
en selvmordsbomber.
Som at blive kørt ned
af en terrorist i en lastbil.
Som at blive fløjet
ind i Twin Tower.

Hvad fanden er meningen?

Vi vil have jomfruer

Fanatikeren drømmer
om 16 jomfruer
for dem er der nok af
om et evigt liv
for livet er kort
for en selvmordsbomber

Hvordan?

Ved at dræbe de vantro.
Skabe frygt og bæven.
Forstå det nu:
Vi kan slå til overalt.
I kan ikke slå os ihjel
for vi gør det sgu selv.
Vi vil have jomfruer,
et evigt liv
og status som helte.

I levende må leve
lige til I dør -
hvis I tør.

Husk at afbestille

Det gungrer i verden.

Arabiske forår
Eurokrise
Russisk krigsførelse i Ukraine
Syrisk borgerkrig
Islamisk Stat
Terror i Europa
Flygtningekrise
Klimaaftale
Kupforsøg i Tyrkiet
Britisk udmeldelse af EU
Drama om frihandelsaftaler
Sort-hvideoptøjer i USA
Et amerikansk præsidentvalg
Man kan blive helt svedt
... skriver de selv i avisen.

Så nu har jeg afbestilt den.

Ka du ha det

Krige
kriser
og kontanthjælpsloft.
Hells Angels,
defekte tørretumblere
og nedskæringer.
Overvågning,
våben
indbrud og voldtægt.
Tsunamier,
orkaner,
æresdrab og vulkanudbrud.
Isen smelter,
boligen er i nød
skat er i unddragelse.
Skilsmisser,
selvmordere,
børnebrude og bilbrande.

Jamen har jeg mon plads nok
på harddisken?

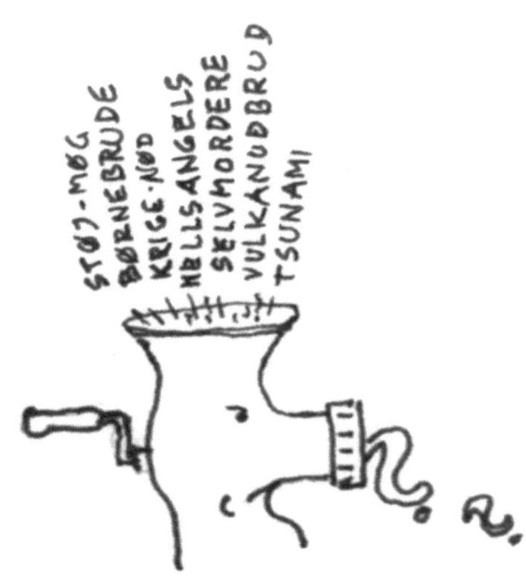

På kanten

Dagens mand i skysovs

Rosenpudder
dåsemad
og dobbeltliv.
Neutronbomber
bomber
Neuengamme.
Hylstre,
hyklere
og Codymagnyler.
Skumgummimadrasser
og plastikkirurger.
Sovs og elendighed.

Fredsduer
og frihedselskere
tøv ikke.

Tømmermænd
og lommesmerter
kan ikke
drive skyerne
væk.

Når alene er alene

Skrøbelige tanker
Selvkontrol uden kompas
Fremtiden løber løbsk
Virkeligheden er på glat is
Udvejen er ude
Hvorfor
Hvordan
I lang tid
Mulighederne er umulige
Svarene lader vente på sig
Dagene bliver kortere
Luften koldere
Nætterne er sorte
Søvnen er søvnig
Trætheden er træt
Hvorfor
Hvordan
I lang tid
Alle er alene
alene er alene
Løsninger kan ikke løses
Tanker kan ikke tænkes
Smerterne smerter
Ups

Er der for meget støj

Du har prøvet det før,
men hver gang
uden held.
Hvad var det
du ville forlade?
Nederlagene
fra da du blev fyret
og kæresten forlod dig?
Havde du forregnet dig
trængt dig op i en krog?
Satset forkert?
I mandegruppen
åbnede du dig
åbenbart ikke helt.
Vi var advaret
men overså det.
Igen.
Samvittigheden er sort nu.
Skylden er stor.
Vi burde, kunne, skulle
have set det komme.
Hvad var det
vi ikke så?
Hvad var det
vi ikke hørte?
Blomsterkransen kradser.
Er der for meget støj
omkring mig?

Når samvittigheden er sort

Samvittigheden er sort
Støtten har svigtet
Hjælpen er hjælpeløs
Nødvendigheden er i nød
For sent
Klokken er slået
Tiden er gået
Uret er sat i stå
Hvorfor
Hvorfor
Tankerne står i kø
Hvad
Hvad
Eftertænksomheden tænker
Efter bliver til før
Skulle og burde
Ville og kunne
Svarene gør ondt
Så
fortid må blive til fremtid
Så
alene ikke er alene
fremover

Uden magt er jeg magtesløs

Uden magt er jeg magtesløs.
Uden magt er der kaos.
Og kaos er uorden.
Det kan jeg ikke have.

Men magt til hvem?
Og magt over hvem?
For magt korrumperer.
Mere magt til magthaverne.
Mere magt til magten.

Jeg har ikke smagt magten,
magtens sødme.
Jeg har ikke smagt heroin,
drømmenes drømme.

For med magt følger frygt
for at miste magten,
for at blive magtesløs.
For med heroin følger frygt
for at blive afhængig.

```
       S
       M
    MAGT
  MI G
 MAGTEN
  G
  T
  E
```

Balancegang

Har jeg mon magt over mig selv?
Det er et godt spørgsmål -
for uden magt er der kaos.

Jeg er interesseret i
hvad jeg kan magte
for at bringe orden i kaos.

Som at balancere
på æggen
af en brødknivs bølger.
Kunsten at balancere
mellem det jeg vil og kan.

Det er mit projekt.
Det tager jeg ansvar for.
Som en linedanser
med armene ude til siden
forsigtigt på linen
spændt ud over livets kløft.

Stram tøjlerne

Det er dig
der holder tøjlerne.
Det er din hest.
Ikke sandt?
Så gør dog noget menneske.
Vågn op af din døs
Inden den løber løbsk.
Den har retning
mod en mudderpøl.
Du drukner.
Tag dig nu sammen.
Sid ikke blot der
i mudderet og glo.
Nu er du advaret.
Hvis du ikke tager dig sammen
så drukner du.
Nu har jeg sagt det.
Skynd dig
ellers …
Nå ja, kom ikke og sig
at jeg ikke havde advaret dig.
Du kunne jo også bare
have taget dig sammen.
Dit fjols.

Aben på din skulder

Så har du ansvaret!
Nej-nej forsvarer jeg mig
Jo-jo lyder svaret!
Så løber jeg fra det
Man kan da ikke løbe fra sit ansvar!
Men jeg vil ikke have det
Det var dit eget forslag!
Så trækker jeg det tilbage
Jamen vi var jo enige!
Så kan vi vel deles om ansvaret?
Aben sidder på dine skuldre"!
Aben?
Ja, den sidder på dine skuldre!
Sikke noget sludder. Der sidder da ikke …
Det er din tur!
Min tur?
Du har ansvaret! Jeg tog det sidst!
Dengang var det mod Hobro
Det er da komplet ligegyldigt!
Ok,
så sørger jeg
for de billetter
til Brøndby mod FCK.
FuCK!

Vi ses

"Det er jeg også!"
"Er du også skilt?"
"Ja da!"
"Nej, hvor sjovt!"

"Nå, vi ses!"
"Ja, vi ses!"

"Der har jeg også været!"
"Har du også været i Alanya?"
"Ja da!"
"Nej, hvor skægt!"

"Nå, vi ses!"
"Ja, vi ses!"

"Det har jeg også tænkt!"
"Tænkt at begå selvmord?"
"Ja da!"
"Nej hvor interessant!"

"Nå, vi ses!"
"Ja, vi ses!"

Den bløde mand

Ingen kan støde sig
på den bløde mand.
Ingen unødige diskussioner
Ingen grund til klage
Er der altid.
Klar til at hjælpe,
lave mad og tage opvask
passe børn,
støvsuge og skifte ble.
Hente børn
ordne vasketøj
tænde stearinlys
og brændeovn.
Skal vi der,
skal vi det.
Henter og bringer
Glad og omgængelig.
Holder døre.
Skænker vin.
Tåler kritik og skæld ud.

Men husk lige,
at selv om du ikke
kan støde dig
på den bløde mand,
så kan den bløde mand
jo godt blive stødt.

Fremtiden kommer

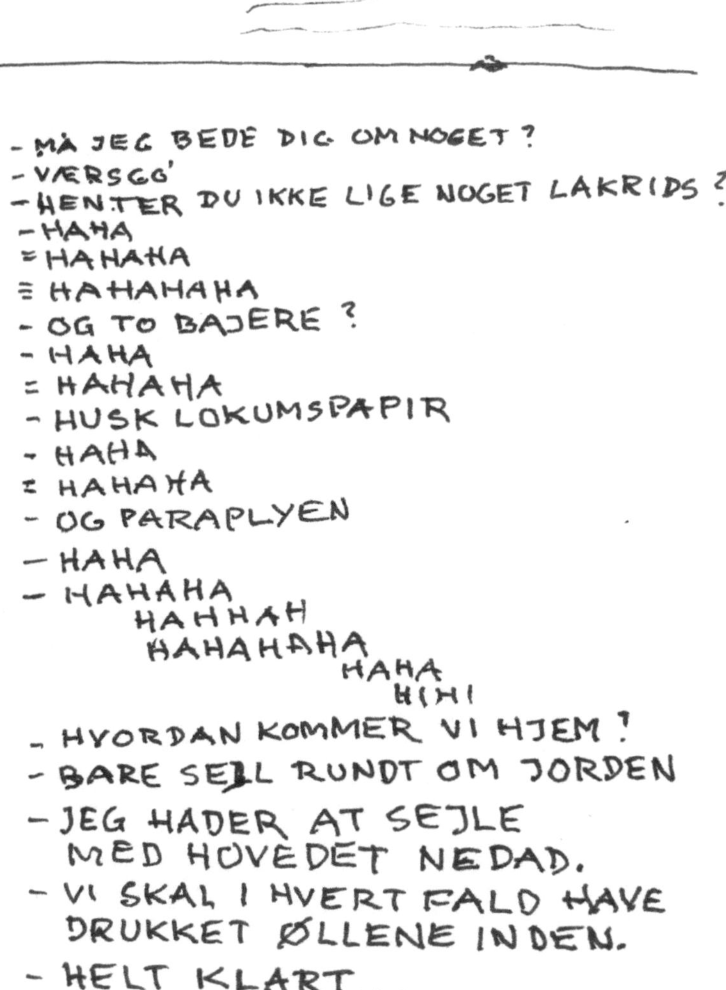

Fremtidssikret

Nu er det på tide
at få et overblik
over kaos.
Fremtiden skal gennemskues,
planlægges og forudses.

Kalenderen frem.
Aftaler på plads.
Ferien på plads.
Økonomien på plads.

Alt er nu på plads
ser jeg fra min plads
i stolen.

Fremtiden er lys og på plads.
Nu skal den bare leves
punkt for punkt,
så den passer
med kalenderen.

Hvor hurtig er du

Nu - det er nu!
Nej det er nu!
Nej det er nu!
Nuet flytter sig
uden varsel.

Det der var nu,
er nu fortid.

Skal man leve i nuet,
skal man godt nok være hurtig.
Eller indskrive nuet i fremtiden.

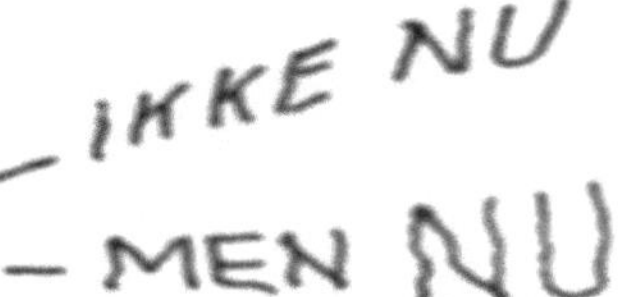

Min cykel er snavset

Jeg lærte at cykle på en damecykel
i en gård med brosten.
Av, hvor det var svært.

Jeg så en pige sidde på stang hos sin far.
Hun fik benet ind i forhjulets eger.
Av, hvor det brækkede.

Jeg og Lisbeth cyklede ud i det blå
Jeg kunne ikke nå sadlen.
Av, hvor jeg fik ondt.

Jeg prøvede min cykel på den store vej
hvor jeg ikke måtte cykle.
Av, hvor var det dejligt.

Jeg rakte hånden ud, så tilbage men ikke frem.
Motorcyklen ramte mig i siden.
Av, for en ambulance.

Jeg lå på sygehus med brækkede ribben.
Han kom med et undskyld og fyldt chokolade.
Av, hvor det smagte.

Jeg har nu købt mig en firehjulstrækker
og en cykelpumpe for cyklen er flad
og av, hvor er den blevet snavset

Man skulle leve i fremtiden

Førerløse lastbiler
kører ud med
45.000 dåser øl
til Brøndby.
Tak for det.

GPS-styrede droner
kommer ud med
de pakker jeg har bestilt
på nettet.
Tak for det.

Flyvende biler
flyver ud
med min gangbesværede mor
til festen.
Tak for det.

Og så var det lige
jeg tænkte
at det er nemmere at leve
i fremtiden.
Tak for det.

Hov -
hvad stiller jeg op
med de tomme dåser?

Hvad kommer efter fremtiden?

Kan man fremskrive fortiden?
Kan man leve i fremtiden
som om det var fortid?
Skal fortid bestemme over fremtid?

Fremtiden er ikke hvad den har været,
nemlig forudsigelig.
Det ved de i Syrien.
Ingenting er eller bliver
som det har været.
Kan de leve i fremtiden
med fortiden
når de end ikke kan leve i nutiden?

Byer bombes sønder og sammen.
Huse bliver til telte.
Flygtninge bliver til kvoter.
Frygt bliver til hegn.

Og hvorfor?
Fordi fortid skal være fremtid?
Fordi fanatikere fantaserer?
Fordi fortidens sandhed
skal være fremtidens sandhed?
Fordi et spørgsmålstegn
bliver til et udråbstegn?
Måske bør lærestregen
være en tankestreg -

- DU KAN SPÅ OM FREMTIDEN SIGER DU. KAN DU SÅ IKKE FORUDSIGE DE NÆSTE 3 MÅNEDER
- OK JA... MAJ, JUNI, JULI.

Vi er forskellige

At sætte ting
I perspektiv
er vigtigt
for fremtiden.

Jeg glæder mig til
at indfri
mine nytårsforsætter,
så jeg bliver
strammet lidt op
på mave, biceps
og tankegang.

Politiken glæder sig til
at perspektivere
Donald Trumps
indsættelse
som præsident.

Sådan er vi
så forskellige.

Indhold